花样岁月

聂江华 著

海峡出版发行集团
海峡文艺出版社

图书在版编目(CIP)数据

花样岁月/聂江华著. — 福州：海峡文艺出版社，2024.12
 ISBN 978-7-5550-3920-4

Ⅰ.I227

中国国家版本馆 CIP 数据核字第 20245DR739 号

花样岁月

聂江华 著	
出 版 人	林 滨
责任编辑	何 莉
出版发行	海峡文艺出版社
社　　址	福州市东水路 76 号 14 层
发 行 部	0591－87536797
印　　刷	福建东南彩色印刷有限公司
厂　　址	福州市金山浦上工业区冠浦路 144 号
开　　本	889 毫米×1194 毫米　1/32
字　　数	100 千字
印　　张	4.75
版　　次	2024 年 12 月第 1 版
印　　次	2024 年 12 月第 1 次印刷
书　　号	ISBN 978-7-5550-3920-4
定　　价	39.00 元

如发现印装质量问题,请寄承印厂调换

在情与力交融中一路前行

张永红

我军历来崇文尚武，提倡一手拿枪杆子、一手拿笔杆子。1942年5月，毛主席在延安文艺座谈会上风趣地指出：我们有两支军队，一支是朱总司令的，一支是鲁总司令的。

毛主席是指挥千军万马的军队统帅，也是将枪杆子和笔杆子运用得炉火纯青的伟大诗人。在老一辈革命家的躬先表率下，一批又一批的军旅诗人怀有强烈的使命担当，创作出一首又一首引领时代潮流的诗歌精品，激励着一代又一代追梦人奔向诗与远方。

我很幸运，我的朋友圈里有一批"鲁总司令的队伍"。有将军、也有士兵，有现役军人、也有退役老兵，有在职人员、也有退休人员，有家喻户晓的军旅诗人、也有默默无闻的诗歌爱好者。每当看到他们的作品，我都倍感亲切、喜不自胜；每闻他们出版诗集，我都心潮澎湃、乐不可支。聂江华就是这支队伍中一位可学可敬的领跑者。

军旅诗人，首先是军人。无情不成诗，无力不成军。军人写诗，抒发的是"情"，展示的是"力"。每一座军营都是"铁打的营盘流水的兵"，每一位军旅诗人都是"铁打的汉子滚烫的心"——在情与力的交融中抒发内心的真、善、美，展示外在的精、气、神。聂江华就是一位新时代的"柔情铁汉"。他的诗集《花样岁月》，围绕81种花和四季的歌，创作了132首诗，反映出一名军旅诗人对军队的浓浓深情和对人生的深刻感悟。品读这本诗集，我看到"五种情"与"五个力"在百花丛中交融穿梭，汇聚成一幅壮丽的百花图、一股满满的正能量、一首嘹亮的正气歌。

澎湃激情——向阳而生的信仰力。军旅诗歌的变与不变，只是形式和内容的不断转换，其核心思想和魂魄永远都是向阳而生、向阳而歌——这是军旅诗歌的终极走向、终极向度、终极目的。忠诚于党，是每一位革命军人的政治品格；讴歌忠诚，是每一位军旅诗人的政治责任。信仰铸就忠诚，忠诚孕育激情。一位有灵魂、有信仰的军旅诗人，必然是富有激情、蓬勃朝气、昂扬向上的。聂江华出生于军人家庭，成长在江西红土地，曾两度服役于英雄城南昌，八一公园、八一大桥、八一广场等八一标志地标与八一军旗、八一军徽等人民军队的基因植根于内心深处，军人的信仰与理想、灵魂与血性、担当与天职，在他的《木棉花》《站岗》《回望遵义》等作品中贯穿始终、澎湃不息。

壮志豪情——向前而生的执行力。"向前！向前！向前！我们的队伍向太阳……"每一位革命军人都是唱着《中国人民解放军军歌》一路前行的。诗人手中的笔，如同战士手中的枪，他们"脚踏着祖国的大地，背负着民族的希望"，用手中的笔将满腔豪情化为一行行雄壮的诗句，一路高歌，一路向前。回望聂江华的军旅之路，可谓百转千回。从英雄城头到海防一线、从作战部队到军事院校、从海警部队到边防部队、从赣江之滨到鼓山之巅，来回辗转于红土地与八闽大地之间。正如苏轼诗云："人生到处知何似，应似飞鸿踏雪泥。"胸怀天下的人，注定要舍弃一生的安稳，万里漂泊，无怨无悔。聂江华的可贵之处在于，始终将旺盛的创作热情挥洒于飘浮不定的人生路上，历久弥坚，百折不摧。诗集中《早操》《营门卫兵》《潜伏哨》等作品，满怀豪情，兵味十足，反映出一位军旅诗人坚定的执行力。

大爱深情——向死而生的使命力。平庸的人有一条命：性命。优秀的人有两条命：性命和生命；卓越的人有三条命：性命、生命和使命。毋庸置疑，军人和军旅诗人都肩负着神圣的使命。每当战火、灾害、疫情等来袭时的危难关口，军旅诗人冲锋陷阵、深情呐喊，创作出脍炙人口、荡气回肠的时代新作，彰显向死而生、诗歌报国的大爱情怀。三年疫情，点燃了军旅诗人的创作激情，一位位逆行向上的人物、一幕幕可歌可泣的画面、一个个感人至深的故事，通过一首首鲜活灵动的诗歌涌出笔端,安抚着人们焦急、不安的心灵。聂江华曾经抗洪、缉私、灭山火、抗台风,数次经受生死考验。疫情期间,他创作了《火神山医院》《敬礼!钟南山》《致敬!人民英雄陈薇》,既为社会留下了时代印记,也为自己留下了面对生死考验的人生答卷。

执着热情——向难而生的意志力。受市场经济大潮的冲击,诗歌创作一度陷入低潮。过去人们谈诗则荣,现在有人谈诗色变,诗人的神圣感、光荣感、尊崇感越来越淡。诗歌从业者面临前所未有的挤压、困境和挑战,一批专业诗人纷纷改行,有些诗歌爱好者望诗兴叹。令人欣慰的是,一批不懈创作的军旅诗人,不为环境所扰,不为生活所困,不为岗位所变,坚守着对诗歌的那份热爱、那份执着、那份迷恋。在我的眼里,他们是不甘落伍的领跑者、不辍耕耘的播种者、不惧寂寞的坚守者、不慕浮华的歌唱者。聂江华就是"四者"队伍中的优秀代表。多年来,他克服花粉过敏的体质观花、赏花,走出花花相近的困扰鉴花、叹花,摆脱花语交叉的迷离写花、赞花,用心读懂每一种花,用情打磨每一首诗,坚守了自己的精神家园,芬芳了大家的精神花园。他的《炮仗花》《三角梅》《桂花》《郁金香》等作品,展示出热情洋溢、执着坚毅的意志品格。

愉悦心情——向后而生的自信力。"兵无常势,水无常形"。一支战功卓著的部队,无论是进是退,始终斗志昂扬、歌声嘹亮。同样,一位优秀的军旅诗人,无论身在何处，总是充满自信和诗意。诗人毛泽东创作的《采桑子·重阳》《菩萨蛮·大柏地》《清平乐·会昌》等诗篇，无不表达出对革命前途的乐观与自信，展示出"自信人生二百年，会当水击三千里"的博大胸襟。可以说，一个人顺境时笑口常开是本能，逆境时乐观自信是本事。这个本事，来自豁达的境界、来自诗意的生命，正如陶行知先生所说："大雨过后有两种人，一种人抬头看天，看到的是蔚蓝与美丽；一种人低头看地，看到的是淤泥与绝望。"世人拥有同样的春夏秋冬，军人经历不一样的风霜雪雨。诗集《花样岁月》，既写出了春夏秋冬的美景，更写出了面对风霜雪雨的心境，反映了作者心灵的一种追求、心底的一种坚持。聂江华是我20世纪90年代在南昌陆军学院学习工作时的好战友、好同事，是我一直学习敬佩的好兄长、好榜样。无论他经历多少风霜雪雨，脸上总是挂着迷人的微笑。细数他43年的职业生涯，身份上有"四次跨越"：从青年学生到革命军人、从部队指挥员到院校教员、从军官到警官、从武装警察到公务员。他身着军装意气风发，脱下戎装自信满满，始终保持积极、乐观、自信的人生态度。他的诗集中，有美丽的百花园，有动听的四季歌——听《春雨》、拂《夏风》、观《秋霜》、赏《冬雪》，借景抒情，以诗言志，可见他是一个"大雨之后抬头看天的人"。如果没有一颗欢喜之心和乐观精神，是不可能写出如此唯美的诗篇，也不可能拥有如此诗意的人生。

花样岁月

  岁月如歌，生命如花。诗人的心花与百花是相通的。每一种花都有其不同的个性和芬芳。同样，每个人的心花，也是独一无二的，有着自己的花期、色彩和香气。时间花在哪儿，心花就开在哪儿。对春夏秋冬的咏花人，眼中赏百花，心里装百花，心花一定是怒放的，香气是浓郁的。《花样岁月》就是一位诗人数十年来用心用情浇灌百花的情感之作、欢喜之作、香气之作。

  这样美好的诗篇值得品读，这样诗意的生活令人向往。我为自己最先拜读这本诗集深感幸运，也为自己较早见证作者的诗意人生深感荣幸！

（张永红，清华大学机械系博士生）

目 录

旧体诗

春夏秋冬之始（四首）⋯⋯⋯⋯⋯⋯⋯⋯⋯ 002

榕城四季之初（四首）⋯⋯⋯⋯⋯⋯⋯⋯⋯ 006

榕城每月赏一花 ⋯⋯⋯⋯⋯⋯⋯⋯⋯⋯⋯ 010

榕城春季花（八首）⋯⋯⋯⋯⋯⋯⋯⋯⋯⋯ 016

榕城夏季花（九首）⋯⋯⋯⋯⋯⋯⋯⋯⋯⋯ 024

榕城秋季花（六首）⋯⋯⋯⋯⋯⋯⋯⋯⋯⋯ 033

榕城冬季花（七首）⋯⋯⋯⋯⋯⋯⋯⋯⋯⋯ 039

福州三月田园庭院花（八首）⋯⋯⋯⋯⋯⋯ 046

福州四月紫色花（八首）⋯⋯⋯⋯⋯⋯⋯⋯ 054

福州五月姐妹花（七首）⋯⋯⋯⋯⋯⋯⋯⋯ 062

福州六月清凉花（八首）⋯⋯⋯⋯⋯⋯⋯⋯ 066

热带兰（七首）⋯⋯⋯⋯⋯⋯⋯⋯⋯⋯⋯⋯ 074

中国传统节日（七首）⋯⋯⋯⋯⋯⋯⋯⋯⋯ 078

茶女（五首）⋯⋯⋯⋯⋯⋯⋯⋯⋯⋯⋯⋯⋯ 085

感怀印记（三首）⋯⋯⋯⋯⋯⋯⋯⋯⋯⋯⋯ 088

军旅记忆（五首）⋯⋯⋯⋯⋯⋯⋯⋯⋯⋯⋯ 091

现代诗

木棉花	096
文凭的提醒	098
营门卫兵	099
站岗	101
潜伏哨	102
子弹	103
故乡	104
回望遵义	106
镇海楼的眺望	108
屏山日出	110
晚霞	112
机关食堂的早餐	113
机关食堂的午餐	115
机关食堂的晚餐	117
春雨	119
夏风	121
秋霜	123
冬雪	124
五朵金花	125
敬礼！钟南山	127
致敬！人民英雄陈薇	129

南湖的红船 ……………………………… 133
机关事务工作协会伴我行 ……………… 135
魅力榕城我的家 ………………………… 137

后　记　139

旧体诗

春夏秋冬之始（四首）

立　春

东方风来，冰消雪融；
大地回暖，阳和月温。
一元复始，万象更新；
雨起雷惊，雀跃燕归。
河开一寸，水暖三分；
芽萌枝苏，鱼陟虫醒。
击鼓鞭牛，迎句芒神；
羽飘炮鸣，风调雨顺。
九州多姿，品物皆宜；
华夏同心，蓬勃生机。

立 夏

暖风吹拂,斗指东南;
楼台倒影,池映枝摇。
万物并秀,禾苗茁壮;
雷暴雨增,蚯出蝼鸣。
王瓜攀升,日尝三新;
桃甘梅脆,蚕豆爽嫩。
斗蛋称人,柱心安闲;
神清气和,自乐开怀。
北疆春深,南国日长;
辛勤耕耘,热辣可期。

立 秋

风清气爽,斗向西南;
残暑未消,晨醒微凉。
林泉虚华,稻粱苦谋;
花卉荡涤,盛凋有常。
寒蝉低鸣,分为三候;
民居前后,晒谷挂椒。
食桃福圆,香薷解扰;
甜糕生津,安神润燥。
收获季节,硕果累累;
璀璨岁月,落英缤纷。

立 冬

凉风凛冽，柄指西北；
生机闭蓄，万物收藏。
草木凋零，虫蛰眠休；
花叶飘落，枯瘦傲倔。
年华行此，一路向寒；
余味晚秋，色浅意张。
积蕴轮回，水凝冰结；
踏雪寻梅，红炉温酒。
倚阑远望，不言过往；
心有阳光，依然芬芳。

榕城四季之初(四首)

初 春

轻风叩户心弦动,

粉黛柔光入浅晖。

鼓岭杉林葱郁郁,

西湖碧浪喜霏霏。

衔泥飞燕栖新厝,

振翅排蜂恋露薇。

垂柳抽芽冬已去,

繁花万朵闹春归。

初　夏

暮春渐远细雨飘,
徐风吹拂柳枝摇。
豆槐吐蕊肌肤净,
香樟新绿出浴妆。
桃花玉消结青果,
杨梅红透渗紫篮。
激越舒缓又一季,
布谷声中踏歌行。

初　秋

素月东升鼓山顶,
红轮西坠白云端。
十溪百池莲浮香,
千丛万枝竹滴响。
华灯闪烁暑未消,
晨风吹拂送清凉。
蝉声宵遁半夜雨,
繁林散落一叶秋。

初 冬

闽江快舟渔火闪,
河口湿地芦苇摇。
高盖山峰红霞飞,
中洲岛滩白鹭戏。
草木溥霜淡妆宽,
水露厚雾向天寒。
砥砺前进心依然,
功业诗文从未闲。

榕城每月赏一花

一月仙客来

神来之笔一品冠,
兔耳竖起翻瓣莲。
萝卜海棠整冬绿,
花叶俱佳需共赏。

二月报春花

华林路荫碧连天,
小种樱草悄然开。
红粉黄橙蓝白紫,
春到人间报信来。

三月垂丝海棠

雨水滴滴惊小蕾,
新绿点点披红枝。
待到桃李闹春后,
娴静淑态吐芬芳。

四月流苏树

宫巷占居四百年,
沈宅旧居历五代。
萝卜丝花独株秀,
院内春迎两场雪。

五月蜀葵

五月园开斗篷花，
点靓南北闽江岸。
五彩纷呈一丈红，
温和耸立传清新。

六月睡莲

子午莲开初如雪，
浮叶深绿背暗紫。
水乡泽国露妖艳，
纯真女神脱尘俗。

七月百子莲

柔和阳光阵雨后,
南禅山上花境耀。
非洲百合飘万里,
榕城夏季增清爽。

八月美人蕉

红粉晋安隔水望,
黄花白马河内瞧。
美化环境净空气,
坚实未来靠努力。

九月黄山栾树

端庄神木壮如棠,
叶绿花黄蒴果红。
秋分唯美巴拉子,
调色春夏秀三季。

十月向日葵

花盘如日金耀眼,
明艳亮丽极为壮。
热情绽放风姿傲,
顽强坚韧播希望。

十一月矮牵牛

灵芝牡丹立花架，
过街路岛矮喇叭。
四季繁盛摆景美，
与你同心安全感。

十二月圣诞花

年终岁首添喜气，
辞旧迎新一品红。
赏花更应看叶片。
渐变绘出炽热情。

榕城春季花（八首）

山茶花

北峰晨雾别冬寒，
植物园香送春暖。
满地绿叶铺锦绣，
顶天丹砂吞火云。
姿丰形盈纯无邪，
端庄丽质品高洁。
段誉曼陀论姑苏，
风物南移亮榕城。

银叶金合欢

南台岛上冬云淡，
飞凤湖旁春雨浓。
姿型俊挺满树黄，
宜人绿色溢清香。
花可精制助美工，
果含丹宁入药方。
金银雪霜自澳洲，
珍珠相思到冶城。

桃 花

郊野福山山竹翠,
西岭福田田梯叠。
早春三月花正好,
碧果双桃粉红妆。
十里百坡送香风,
千株万枝迎瓣雨。
北眺虹桥通仙境,
顾望乌石踏夕阳。

山樱花

晋安河畔青肤盛,
爱乡园中绯寒艳。
仙子下凡花先开,
牛哥痴情叶芽圆。
纯洁亮丽漫满枝,
宛如云霞映天红。
古朴本色承华韵,
时代新姿添风采。

炮仗花

白马河水十里长,
芳华星光百米耀。
连串花骨如瀑布,
富丽身姿若鞭炮。
热热闹闹应时景,
红红火火绽一春。
原产隔洋中美洲,
中国名字激情超。

杜鹃花

春雨滋润悄然开,
春风唤醒露笑颜。
琴亭湖畔花成海,
栈道步侧目暇接。
紫气东来驾祥云,
御代之荣潜无声。
子规啼血凝朱粉,
福地绽放满城春。

黄花风铃木

鹤林公园环翠廊,
光明港南石坡岸。
高枝挺拔身形美,
小叶对生花艳丽。
簇簇金色送暖意,
朵朵明亮焕生机。
南美伊蓓树独特,
异彩纷呈绘四季。

羊蹄甲

天蓝草绿西禅寺,
雨润雾淡工业路。
远望树罩一层纱,
近看蕊开万瓣红。
光彩热情似木棉,
洁白粉嫩胜桃梨。
梦幻夜景今更佳,
最美花街人皆赞。

榕城夏季花（九首）

茉莉花

清新雅致幻仙子，
飘逸悠然舞翩跹。
柔和春风化成雨，
甘露润泽透幽香。
莫问古韵自南亚，
闽江口边把根扎。
福州姑娘临妆罢，
顺手牵上簪乌发。

白兰花

绿叶碧树冬不凋,
点缀枝头五月俏。
纤腰玉颜凝若脂,
轻盈绰约犹开莲。
夏风荡漾南国夜,
悠香一阵送梦乡。
忘却印尼爪哇地,
植根榕城育芬芳。

蓝花楹

老街闹市独伫立，
小巷深处孤自芳。
心存宁静度夏秋，
身形曼妙高格调。
晨风微微枝条颤，
细雨蒙蒙紫瓣归。
烟台山上谈旧事，
南美蓝雾驻东方。

三角梅

枝盛叶茂任生长,
红橙白紫各呈祥。
去年深秋花苞发,
越过冬春走到夏。
灯火斑斓颜未改,
车水马龙色不惊。
攀援高架挂两侧,
城市热情溢四方。

日本晚樱

春花作别始登场，
秃枝开艳初夏到。
重瓣披红映斜阳，
轻柔粉色夜飘香。
叶芽吐新迟半步，
绽放凋谢始一周。
东瀛之物移冶城，
风姿展露存异同。

桢 桐

闽江南园赤如火,
金山桥西朱粉艳。
飘逸丝柱匀伸展,
顶生花序密集开。
初夏吐芽百日红,
深秋含香赛牡丹。
十三年前一小丛,
燎原自繁数千枝。

姜荷花

闽江北园小仙子,
泰式清新溢华龙。
茎叶似姜透灵气,
花冠如荷显高雅。
株株茂盛守寂静,
朵朵饱满诚可信。
早春培植漫长日,
待开酷暑香一季。

波斯皂荚

开化寺观阿勃勒,
法海路现黄金雨。
花叶齐放蕊下垂,
葡萄摇曳挂满枝。
蝉鸣渐远瓣随风,
腊肠黑果清热功。
丝绸之路连南亚,
难熬盛夏送惬意。

天鹅绒紫薇

鼓山桥南坡如霞,
离地一尺花织锦。
红似玫瑰品质柔,
艳若绸缎芳香清。
筛选籽苗趋百万,
历经六代始育成。
越洋初盛迟三月,
满园浓郁到秋时。

榕城秋季花（六首）

玉　簪

江滨大道堤外风，
轻拂榕叶已入秋。
烈日阳光透绿枝，
大树呵护半遮阴。
娉婷袅娜脱凡俗，
望月开颜娇玉羞。
瑶池仙姑拔簪飞，
流霞连天化花魁。

葱 兰

乌龙江东沙滩园,
洪塘桥南铺玉帘。
丛丛绿叶春常在,
皑皑怒放夏日雪。
驰车隔窗清凉意,
初恋感觉任回味。
山村气息乡土名,
都市时尚相辉映。

桂 花

十载木樨植庭前,
百年老树藏弥高。
清雅贞洁称仙友,
馥郁飘溢九里香。
叶茂四季连云翠,
独领三秋贺群芳。
北望相思故乡月,
把酒赏桂问吴刚。

金凤花

疏刺绿枝叶对生,
顶叶长梗花瓣圆。
不以色香引游人,
姿容形态格外奇。
有头有尾翅足全,
活灵活现凤凰飞。
霜冻一场南方雪,
时隔十年复回归。

鸡冠花

国庆金秋旗招展,
五一广场花昂立。
红黄紫白炫群株,
浅妆淡脂对瑶台。
啼月无声晚风伴,
霜华绕阶晨破晓。
旭日东升天下白,
走向复兴迎太平。

彼岸花

漫步西湖觅芳踪,
榭坪屿园月季红。
幽灵石蒜欲争艳,
曼珠沙华唤新生。
夏瓣翻卷如龙爪,
冬叶青翠狭带状。
生生相错两不见,
传说故事感人间。

榕城冬季花（七首）

芦苇花

鼓山大桥跨北南，
花海公园贯西东。
湿地浅滩原生态，
水榭亭楼芦苇荡。
迎风摇曳锥花舞，
栈道曲回白鹭飞。
醉美冬季夕阳暖，
闽江潮起游人归。

梅 花

梅里十景历百年,
相怀两岸新千株。
凌冬腊月开艳展,
耐寒六颜暗竞香。
宫粉朱砂配美人,
绿萼青梅合垂枝。
典雅君子品格高,
坚定贞洁质自尊。

菊　花

西湖左海船飘荡,
岛岸栈桥人织网。
黄花秋枝傲迎风,
金英冬瓣偏染霜。
百品万朵秀千姿,
十二生肖叹惟妙。
三年一届已六轮,
两园首合展新貌。

红萼龙吐珠

茶亭中轴园池静,
世贸地标穿云立。
珍珠宝莲含玉火,
凌波仙子空留声。
白里透红开两季,
内心热诚盛暖冬。
荷兰华侨送福名,
西非花串联全球。

冬樱花

飞虹桥跨金鸡山，
栈道环绕揽冶城。
双樟青肤羞待妆，
虎啸高盆笑开场。
瓣红蕊粉半合垂，
天寒地暖悸动心。
景色步丈任逍遥，
华彩东越莫忘归。

郁金香

三山迎春有主角，
当之无愧属洋荷。
温泉左海两大园，
数十万焰草麝香。
鲜黄紫红直立状，
刚劲挺拔亦端庄。
不依俏艳去献媚，
素雅秀丽得胜利。

虞美人

灯红柳绿通西湖，
松涛竹映开化屿。
泉沁缤纷仙女蒿，
新禧贺岁赛牡丹。
质薄如绫洁似绸，
随风飘然欲自飞。
霸王别姬传千年，
舞草翩跹终不变。

福州三月田园庭院花（八首）

李 花

山高路远处，
梯田花丛叠。
永泰芙蓉枝，
绘出阳春雪。
树下油菜绿，
共奏田园曲。
蜂忙翩翩舞，
嘉应蜜蜜甜。

杏　花

南江滨西道，
观井站台边。
何来十余株，
如雪挂嫩枝。
似梅亦似桃，
非樱也非李。
岸红水中影，
临海稀有景。

醉蝶花

上天游太空，
下地落福州。
西湖闽江园，
堤畔岸边生。
多姿粉底色，
四瓣托蕊球。
味臭叶刺弯，
难拒蜂蝶情。

香水百合

楼道窗台下，
墙角傲然开。
花柱如蝶须，
茎干直挺细。
凌于世俗上，
含情惹人惜。
淡雅清香气，
百事合心意。

油菜花

三月风景好去处,
何必舍近寻婺源。
万亩黄滔数江岭,
千顷金浪花海园。
暖风微微香阵阵,
潮声哗哗雨绵绵。
昔日芸苔重经济,
今朝观光更美丽。

梨　花

永泰山坡堆银光，
连片玉树涌雪浪。
东风轻摇拂琼脂，
粉妆挤攘花怒放。
洁白素雅守仙境，
洞天一方香缥缈。
踏青深谷清新气，
燃烧激情心舒畅。

小 蜡

惊蛰雨后迎暖阳,
北岸游园踏锦江。
分枝茂密千张树,
冠如白雪水黄杨。
满目春色不争艳,
丁香味道低格调。
蜂蝶不言苦累事,
相安悠然采风光。

玉兰花

三月望春晨妆新，
屏山辛夷耀小径。
山樱默默悄离去，
粉桃静静蓄势催。
花开叶放枝条立，
面紫里红溢香气。
绚丽绽放青春扬，
迎风摇曳神采奕。

福州四月紫色花(八首)

紫 藤

雨过清明后,
闲步大腹山。
曲径五里长,
遍植扶栏下。
穗满疏嫩叶,
犹如瀑布垂。
痴情紫衣女,
依槐曲缠绵。

紫云英

八闽博物院,
左海西湖间。
门庭草坪上,
惊现田园景。
江南水稻地,
红花耕作泥。
翘摇舞春风,
幸福要珍惜。

洋紫荆

红花羊蹄甲,
园区广种植。
常绿枝茂密,
繁英树满盛。
型美四季开,
深秋转春夏。
香港为市花,
定规旗徽图。

紫花风铃木

金山横江渡,
串珠红透紫。
落英压枝头,
延伸樱桃景。
试植廿四载,
驯化畏寒症。
首度惊艳盛,
回报匠人心。

三色堇

五一五四主干道,
路南路北直相连。
时令时节适变换,
花坛花架景致别。
阳蝶三色黄白紫,
袅娜身段半空舞。
阴郁神秘猫儿脸,
沉默不语请思念。

鸢尾花

沙滩公园爱丽斯,
彩虹女神送祝福。
蓝紫香根存激情,
素雅大方受赏慕。
白鸽花形展翅飞,
春的消息远传递。
王室象征法兰西,
骑士文化铸精神。

马缨丹

白马河畔五色梅,
乌山桥北雾梦幻。
花冠颜色七变化,
黄橙深红到紫黑。
绒球积聚似镶嵌,
生性强健开四季。
枝叶及根均有毒,
入侵植物需管制。

紫花酢浆草

金鸡山翠春已深,
园北入口游人稀。
扁叶片片铺绿毯,
小花朵朵点繁星。
三夹莲瓣倒心形,
夜合梅开淡紫红。
线条清晰株姿美,
烂漫可爱跨三季。

福州五月姐妹花（七首）

三年桐

层层叠叠北峰翠，
片片丛丛雪压枝。
朵朵瓣瓣红条纹，
丰丰实实罂子桐。

千年桐

郁郁葱葱鼓岭景，
弯弯曲曲山路长。
朦朦胧胧五月雪，
摇摇摆摆木油桐。

波斯菊

秋英借得东风来,
草边路旁唤嫩绿。
情真意切追梦去,
雪域高原格桑红。

硫华菊

竕山桥下黄秋英,
热情似火两万平。
花海田间风筝扬,
男童仿佛桃源中。

白色苹婆

满树玲珑小灯笼,
串成风铃似雪舞。
微风轻拂甜香味,
借问古厝为何寂?

粉色假苹婆

满树绚丽五角星,
宛若粉蝶飞翠空。
女童拾起落地花,
稚问可从天上来?

红色槭叶苹婆

满树热情火焰木，
如同海底红珊瑚。
高脚酒杯飘然倾，
试问初夏风雨醉？

福州六月清凉花（八首）

龙船花

南江滨大道，
丝带铺生机。
鼓山大桥下，
直延会展岛。
山丹红橙黄，
酷热盛越旺。
艾蒲同船插，
俏艳竞波涛。

栀子花

起初不经意，
丛绿隐白玉。
隔日再相望，
悄然绽满枝。
花瓣飘幽香，
蜂蝶迎风笑。
又到毕业季，
期待溢心田。

柳叶马鞭草

再来三江口,
邂逅浪漫景。
南江滨东侧,
荒地变花田。
神草非薰衣,
蓝紫花球怡。
配茶柠檬味,
清热度夏季。

小叶紫薇

西湖紫薇厅，
小花透晶莹。
枝杆曲弯弯，
嫣红柔纤纤。
蝉鸣声阵阵，
日斜赤炎炎。
游人踏夕阳，
谁伴紫薇郎。

大叶紫薇

长乐北路戴紫冠,
白马南路染紫装;
花街同艳有鳌峰,
分车带披百日红。
满城绿荫顶骄阳,
颜色独占天地间。
挺直身姿举白云,
灿烂笑靥献行人。

荷　花

金山万平卷红旗，
茶亭百态树一帜。
西湖唱晚忆五品，
牛岗山影月色迷。
洁白无瑕天然秀，
花中君子极玲珑。
荷塘故事延千年，
赏莲颂廉自留香。

绣　球

鼓岭花田若梦境，
老街石屋伴八仙。
一望无垠十万株，
洋房别墅一百年。
形似彩球冰激凌，
饱满圆润簇成团。
植土酸碱能调色，
挑战高温无尽夏。

使君子

华侨新村寻君子,
入坡围墙俏依附。
一簇三色白粉紫,
一日三变堪称奇。
花瓣后卷头低垂,
含羞娇态实动人。
病疳叶茶驱暑热,
莫忘北宋郭郎中。

热带兰（七首）

文心兰

微风吹拂衣裙飘，
无忧少女舞姿妙。
金蝶脱俗成新宠，
温文尔雅送吉祥。

蝴蝶兰

彩翅飞展停半空，
游人止足欲挥手。
紫气掠过眼迷醉，
洋兰王后送如意。

石　斛

明朗斑斓多色调，
益胃悦脾可润燥。
玲珑鲜活气芳香，
还魂仙株送健康。

万代兰

色泽鲜明红黄紫，
卓越锦绣蓝褐舞。
胡姬花遍东南亚，
果敢奋斗送快乐。

卡特兰

生性强健根肥壮，
美艳夺目登雅堂。
雍容华丽阿开木，
洋兰女王受倾慕。

兜　兰

唇瓣袋形花姿奇，
侧萼合生斑纹丽。
收集仙履宋君功，
勤俭节约受尊崇。

大花蕙兰

静如处子千古幽,
动若脱兔百年新。
碧玉迭代独占春,
豪放秀丽受欢迎。

中国传统节日(七首)

春　节

高天弥寒冬云飘,
大地回暖春雨降。
三阳开泰万物苏,
四季元朔一片欣。
浓浓情感喜悦景,
殷殷期待祝福深。
奋进创业业方兴,
奔跑追梦梦始圆。

元　宵

上元酒醇尊留香，
太平鼓响踩高跷。
街市华盛千树灿，
庙里琉璃百炬映。
古韵添彩车马行，
光影传神龙凤飞。
众生祈福灵山川，
灯谜贺春闹城乡。

清　明

踏青祭祖承传统，
融汇自然人文风。
行清一路春景明，
吐故纳新勃生机。
点香燃烛呈贡品，
缅怀先辈佑子孙。
秋千少年若相问，
山水怎能隔亲情。

端　午

南风北俗拜龙祖,
神州万里粽飘香。
舟楫争先竟为谁?
千年赛事祭忠魂。
心积忧民家国恨,
身投汨罗屈子情。
百草丹酒伴纸鸢,
一声悲叹十分赞。

七 夕

仰望星空越千年,
心中山海惜当前。
乌鹊填河渡成桥,
牛郎织女佳期会。
天上人间传故事,
豫章新喻结奇缘。
酒到浓时情致远,
岁月静好不厌倦。

中 秋

一轮皓魄立树梢，
万顷银装花径长。
皎洁玉光落天井，
喊话嫦娥稚嫩音。
香甜礼饼味依旧，
摆塔月华传神奇。
微信鸿雁书真情，
故里他乡不再遥。

重 阳

乌石风起一丝凉,
九仙山下纸鹞飘。
登高相望心随雁,
难挽青春鬓染霜。
收剑只因桑麻乐,
挥毫唯有抛等闲。
闽越王樽今犹在?
黄花笑为菊酒开。

茶 女（五首）

福州茶姐

乌发单辫搭胸前，
鼓山半岩露芽甜。
执杯同旋玉花浮，
坊巷漫透茉莉香。

武夷茶妹

紫裳轻纱裹细腰，
朱泥盖壶玉桂摇。
山泉冲出浓韵味，
翘首浅笑问清香。

福鼎茶姑

短袖旗袍长发飘，
白毫银针酌适量。
刘海难遮凤眼媚，
品说康健指留香。

安溪茶嫂

银簪盘发碎花衣，
百年观音四季宜。
石盘铁壶瓷碗杯，
清芬淡雅十里香。

政和茶娃

齐腮短发小圆脸,
红茶工夫出少年。
透杯多毫条索壮,
汤艳味醇罗兰香。

感怀印记(三首)

同学聚会感怀

丰山丰水丰收城,
春光春景春色宜。
校园花园明月园,
日圆月圆人团圆。
七九一别各追梦,
四十年后聚欢颜。
把酒往昔求学事,
挥手相约续新篇。

火神山医院

己亥新妖吹浊气，
虽换旧符万家寂。
金木水土各布阵，
东西南北向心齐。
庚子初九世纪日，
铸剑制鞘十天成。
神兵机降集三镇，
利斩邪魔朗乾坤。

父亲的人生路

全面抗战第二年，出生丰城花门楼。
家境贫寒长子责，放牛拾柴学打铁。
实行军衔首征兵，十七从戎踏征程。
分配总后汽车团，入闽转陕驻华阴。
学文习武增本领，方刚二十已提干。
西藏平叛忙运输，移防兵站格尔木。
立业成家凯旋时，风华正茂敢直言。
坚守道义不退让，少尉务农回家乡。
驾驶技术篮球艺，夏秋交替迎新机。
二次入伍消防装，从头起步到政指。
十年磨难勇担当，赤胆忠诚众所望。
组建武警退现役，改制公安仅四季。
变换安置往国企，仓管主办科长位。
天命之后又接令，只身婺源赴重任。
广开销路拓市场，盐政经营同发力。
老骥伏枥谋新篇，殉职井冈空遗恨。
南下北上闯世界，两落三起意志坚。
五十五载功与名，家国情怀有公心。

军旅记忆（五首）

早　操

号惊青春梦，
哨唤学子衣。
昂首迎曙光，
步调一致齐。

实　习

千里赴东南，
对望白犬岛。
巡逻海防线，
备战练兵忙。

集　训

师长团长营连长，
向前对齐看军长。
现代管理初运用，
部队正规排头强。

陆院运动会

秋季送凉展红旗，
赛事正热又一季。
师生同台增情谊，
强健体能促智技。

重走红军路

铁路输送到永新,
三湾徒步上井冈。
重走当年红军路,
薪火传承更纯粹。

现代诗

木棉花

任凭三月的春风

吹走一片片绿叶的

可能只有这木棉树了

不是不要衬托

也不是不要相伴

只因内心蕴含无限的热情

沉默,就安安静静

表达,就简简单单

都经历过生命的寒冷

傲雪而放的梅花

是告别严冬的诗篇

细雨催开的桃花

是迎接初春的乐章

骄红欲燃的木棉花

似浴火重生的凤凰

开启了夏耘的序幕

也许是冰冻得越长越久

焕发的激情才越炽越烈

木棉树，像忠诚的战士

坚守脚下的土地

沧桑岁月挺起不屈的脊梁

木棉花，像英雄的鲜血

映照头顶的天空

灿烂日子展现亮丽的光彩

文凭的提醒

在过去的日子里
由于你的辛勤耕耘
得到了一张红皮本
和一份引以为自豪的履历

烫金的字固然美丽
羡慕的目光也许任你
把头颅高高抬起
但这一切只是历史

如果就此停止努力
让知识来把你抛弃
即使形式上把我占有
也会遭到世人的鄙视

营门卫兵

你不是雕塑
却矗立在
庄严的营门一侧
纹丝不动
哪怕是烈日炎炎
雷雨交加

你不是风景
却在车水马龙
人流如潮的大街
让现代人放慢了
匆匆的步伐
驻足,甚至回头
尽管你一如既往地
目不斜视
表情无华

你是一座雕像
把军人的威武刚毅
来刻画

花样岁月

你是一道景观

展示的是中国

钢铁长城不屈的图画

站　岗

在战友轻轻的呼唤中
收起甜蜜的微笑
披一身星光
匆匆地走出梦乡

暂停与母亲的对话
暂停与女友的丝语
暂停与同学的喧哗
从虚幻中回顾军营静静的夜色
睁一双警惕的眼
紧握手中的枪
有祖国夜的安宁和人民梦的安详
哨位上我怎会孤单

潜伏哨

踏着夕阳的余晖
抹去一天的疲惫
脚步依然是那么的矫健
身影依然是那么的挺拔

一身迷彩与山河浑然一体
让自己藏匿在天地之间
全神贯注把责任铭记在心
探目标难逃蛛丝马迹
匍匐在湿热难耐的草地
隐蔽在蚊叮虫咬的丛林
月色中少了一份诗情画意
星光下多了一种神圣的使命

也许要持戈待旦到天明
也许要风餐露宿又一晨
但夜幕遮不住战士的双眼
邪恶终究要被正义击溃

子　弹

当你成形时
就具备了暴烈的内涵
当你安静时
人们用不同的心态把你守望

当你落入豺狼之手
就会坚利他们的魔爪
当你飞行邪恶的方向
就会滑出罪恶的轨道
当你为正义呼啸
那是战士铁拳的出击
当你代表法律发言
那是人民愤怒的呐喊

静，你能耐得住寂寞
在铁盒木箱中凝固
动，你能穿透过风云
在清脆声中升华

故 乡

记忆中的故乡

是黎明的风

是初春的雨

车轮边的那截树桩

像一张岁月的光碟

承载着祖辈们的希望

放飞出少年的梦想

在她含情脉脉的注视下

我曾在上面招呼儿时的伙伴

到小溪涧摸蝌蚪

到打谷场翻跟斗

手拉手去村子里只有三个年段的学堂。

再一次回到故乡

跨越武夷山的茶海

带着茉莉花的清香

樟树枝头的那只小鸟

从树梢飞向脚手架的顶端

转而又飞向远方

在它朴素翅膀飞过的村庄

我已看不到户户相通的木板房

看不到千亩稻田飘洒的穗浪

还有那鱼虾成群垂柳环绕的池塘

一步一回头的故乡

有喧嚣后的宁静

映星空中的月亮

丰水湖的两柄铸剑

诉说古越干将莫邪的神奇

闪烁红土地继往开来的荣光

飘逸的剑锋伴随赣江中游两岸的万家灯火

绵延百里通达英雄城——南昌

物华天宝，人杰地灵

古老的篇章在民族复兴路上续写新的辉煌

回望遵义

历史的奇迹
有时是创造者被迫的行为
第五次反"围剿"的失利
工农红军向何方

十月的秋风阵阵清凉
八万六千中央红军挥泪热血
星夜渡过于都河
从此踏上漫漫长征路

敌人的围追堵截
只会使钢铁的队伍更加坚强
内部的纷争失策
才是堡垒最险恶的危机

历史的转折
必定是实现者积极的作为
英雄的群体
代表人民做出了正确的抉择

面对"遵义会议会址"
仰望这幢中西合璧的小洋楼
这里为什么能成为转折之地
这也许是历史的偶然

中国共产党人敢于直面问题
具有无比坚定的信念和忠诚
具有纠正错误的决心和胆识
具有顾全大局的胸襟和气魄

这就是历史的必然
回望遵义会议
我们不忘初心
在民族复兴的道路上继续前进

镇海楼的眺望

自从有了你
千年冶城与大海
就有了坚实的见证
你开始沉静地眺望
眼前是随风起伏的稻浪
四周是渔舟泛波的河网

你曾经兴奋地眺望
郑和下西洋的远航
驻泊闽江口五虎门太平港
大明船队云帆高张
古老的海上丝绸之路
呈现出空前的盛景

你曾经悲伤地眺望
鸦片战争的狼烟
侵略者用坚船利炮轰开了国门
清政府从此没落沦丧
即便是近前的烟台山上
竟然有了十七个国家的洋楼

你曾经自豪地眺望

铁锤镰刀的凝聚

奋斗中谱写出跋涉与辉煌

五星红旗迎风飘扬

站起来的炎黄子孙挺直了脊梁

胜利的笑容汇成东方的霞光

你曾经骄傲地眺望

翻身做主人的人民

唱着春天的故事迎来改革开放

从农村到城市激荡着发展的热情

富起来的华夏儿女神采飞扬

成功的喜悦化作天空的祥云

你可以尽情地眺望

决胜小康社会战鼓擂响

中国特色社会主义事业

翻开了新时代的篇章

复兴的巨轮乘风破浪

强大的中华民族定会有世界担当

屏山日出

谁也挡不住他的升起
谁也改不了他的方向
谁也打不乱他的节奏
也许是有一点缓慢
也许会有一些单调
却如此地坚守一份淡定
以十分的执着
用火一般的热情
去丈量只争朝夕的步伐
去引领万紫千红的希望

屏山上迎接第一缕阳光的
是屹立山端的镇海楼
六百年的风雨洗礼依然雄伟
十几回的毁拆兴修更加壮丽
像一位世纪老人惯看秋月
似一位时代新人喜沐春风

苍穹深邃淡淡远去
漫山遍野一层一层添上金色

伴随花儿的欢笑

伴随鸟儿的欢歌

屏山人带着梦想和激情

带着勤奋和智慧

迎着东方的曙光

向着美丽幸福的新福建再出发

晚 霞

湛蓝的天空
夕阳辉映
云絮连叠像轻纱般飘动
呈现出火焰一般的嫣红
一会儿红彤彤
一会儿金灿灿

霞光传情
白云有意
脸庞的多彩变幻
掩不住内心的惆怅留恋
成熟的感情同样需要激情
动人的故事都有自己的乐章

松开吧
牵着太阳的手
含笑吧
惯看尘世间的眼
再见的是黄昏和黑夜
相约的是黎明和希望

机关食堂的早餐

北方的主食，

荆楚的小吃，

成就了闽越的风味，

舌尖上也有历史的故事。

机关食堂的灶台，

一份份拌面扁肉，

在欢腾的沸水中起舞。

不能糊在碗里，

可以糊在嘴里；

不能烂在锅里，

可以烂在胃里。

保持十分的劲道，

保持十分的味道，

保持十分的微笑。

一个普通的早晨，

一份普通的早餐，

一群普通的公务人员。

花样岁月

他们用匆匆的脚步送走梦乡,
用从不抱怨的仪容迎来曙光。
"标配"的一盘拌面加一碗扁肉汤,
将夜晚与白昼撇清,
他们也从这里分散,
开启一天又一天的接力,
追逐心中美好的梦想。

机关食堂的午餐

栅栏式的围墙
透出古榕树的沉稳
小叶林的枝摇
青草坪的葱郁
季节花的清香
还有机关院落幽静中的繁忙

时光的指挥棒总是到点到位
嘀嘀嗒嗒敲响午间的节奏
车水马龙的大街
行人穿梭的小巷
喧嚣的音符转入短暂的低潮
不同地点与不同楼层的
机关食堂餐厅

此刻迎来了一天的热潮
自选式的快餐线
标配化的加工
标配化的窗口
标配化的餐具

标配化的三菜一汤

节俭中不失应有的营养

单点式的小吃区

特色化的原料

特色化的服务

特色化的调制

特色化的简约配方

变化中坚守各自的味道

也许你的岗位职责不同

几分钟的等待

自然而然中十分自觉的排队

也许专业领域不同

半小时的用餐

海阔天空中是十分真诚的交流

这里的午餐

既是生活的需要

也是学习的课堂

这里的午餐

既是名副其实的工作餐

也是每天工作承上启下的加油站

机关食堂的晚餐

夕阳西下
一轮弯月悬挂于榕树之顶
华灯初上
夜幕布景竖立在天地之间
专注了一天的人们
暂时从各自角色中退出

走出办公楼
迈着匆匆的脚步
闪着急切的目光
把身影汇入车流人流之中
把美景留给星星和小草
只怕放学的孩子
在托管班望眼欲穿
仅仅开放一层的机关食堂
没有了午间的热闹
一些座位空着
朝这儿缓缓而行的稀散人群
有的打着手机发着微信
给家人表达一丝憾意

传达着无限的温情

在机关食堂用餐的人
今晚应该不会再有
举杯邀月的激情
漫步花前的雅致
对弈棋牌的欢畅
品茗纵横的论道
白加黑的一段故事
从这里开始转折
生命中的延伸乐章
从生活中的原本音符奏起

春　雨

你信守期约而来
带着冬日的积蓄
告别冰雪姐妹
化作低沉翻滚的云彩
飘浮在江河湖海之间
盘旋于平原山谷之上
倾诉着缠缠绵绵的情话
开始了淅淅沥沥的旅行

你义无反顾而来
伴随春雷的呼唤
感叹生命短暂
把爱献给无私的大地
抚慰寂静的乡村
洁净喧嚣的城市
点缀花草的欢笑
滋润鸟儿的歌喉

你肩负使命而来
携手阳光和空气

花样岁月

催生希望的种子
拥抱百花齐放的春天
播育中有你的温暖
耕耘中有你的涵养
吐芽时有你的呵护
含苞时有你的鼓舞

你欢天喜地而来
不曾期盼欣赏和掌声
把目光投给娇艳芬芳的花蕊
你川流不息奔腾而去
不曾掀起惊涛和波澜
把洗礼当作坦荡无憾的升华
你是春季的象征却不迷恋曼妙风景
你是丰收的起点迎接梦想新的启程

夏　风

我出生在浩瀚天地之间
因为有了阳光的哺育
江河的滋养
还有群山的烘托
白云的抚摸
已经长大的少年
不再安分守己
开始了如期的奔跑和行走

我忙碌在火红炎热之际
因为有了我
春雨散了，花朵艳了
忧愁走了，喜悦来了
麦梢形成了翻滚波浪
稻穗学会了点头弯腰
烈日下送去一丝清凉
躁动中带上一些安详

我转换在暑消气爽之季
因为不再回旋

花样岁月

群山不安,白云有隙
一叶飘零,瓜熟蒂落
树枝上的芒果娇羞欲滴
藤架下的葡萄晶莹剔透
轻轻一吹
幸福就这样荡来荡去

秋 霜

她是从天而降的仙女

走过了明媚的春天

走过了繁盛的夏天

在深秋的节气

无须白云与彩虹的陪伴

乘着微风

趁着月色

冰清玉洁地来到人间

她感受着花果成熟的沉香

感受到草木不再葱郁的苍茫

水里的荷

也黯淡了婷婷绰影

同行的雁声已经远去

露珠姐妹显出沁凉的锋芒

丰华将散的霜重日子

她会给你一个晴朗的告白

现代诗

冬　雪

他以北方汉子少有的姿态
飘飘洒洒，慢慢悠悠
不知是因为火辣暖心的酒气
还是因为陡然降温的寒意
想要给这个枯萎的季节
披上圣洁的外衣
表情冷漠的男人
不会拒绝善的笑脸
更不会辜负热的传递
沉默中其实也有呼唤
把自己化作一泓春水
去拥抱哺育万物的大地

五朵金花

这里是城中之园
这里是园中之花
这里是园丁的家园
这里是孩子的乐园
因为有了你们
才有了幼教岗位的耕耘者
和孩子们的歌声与欢笑
因为有了你们
才有了科学启蒙的探索者
和年轻父母的共育与提升

这是五座童话般的庭院
恰到好处地布点在老城新区
这是五个手足情深的姐妹
志趣相投又各领风骚
四十四年前一枝独秀再启航
以十年磨一剑的韧劲
你们与时代同步
一路走来一路成长
你们与事业同行

花样岁月

一路发展一路壮大
省直机关幼儿园——
展示着高洁优雅的风范
屏东幼儿园、屏西幼儿园——
展露了并蒂莲开的风姿
广夏幼儿园、象峰幼儿园——
展现出青春少女的风采

这并非是教育机构的办学
却同样可以成为业内的典范
这不曾有专业资源的整合
却同样可以成为同行的示范
你们有一个共同的理念——
服务为先
你们有一个明确的目标——
让幼儿度过快乐而有意义的童年
你们是金色阳光普照的沃土
你们是培育百花齐放的田园
在这里播种的是甜蜜与希望
收获的是未来的成就与辉煌

敬礼！钟南山

您是一名勇往直前的战士

您是一面鼓舞斗志的战鼓

您是一杆历经风雨的战旗

穿一件白大褂

披挂上阵

着专用防护服

战袍一袭

没有硝烟的战场上

您，一次又一次

奋不顾身坚守在防卫第一线

义无反顾冲锋在主攻方向上

您是一名仁心满怀的医生

您是一位睿智专业的学者

您是一位率真担当的院士

查清病由

科学断言止谣传

提出方略

精准施策消恐慌

面对毒魔的战"疫"中

现代诗

花样岁月

您，一回又一回
为民请命
两眼盈泪铁骨柔情
为国分忧
双肩负重舍身求法

您的学识，始终清清楚楚
您的形象，始终硬硬朗朗
敬礼！永远的战士
敬礼！不老的英雄

致敬！人民英雄陈薇

向你致敬，不仅仅是因为你
获颁"人民英雄"国家荣誉称号
作为以国之名，表彰的
唯一抗"疫"女英雄
当新冠肺炎疫情措手不及地袭来
庚子年正月初二，你率军队专家组
飞赴武汉前线
四天建成帐篷移动检测实验室
核酸全自动提取技术成果的运用
大大缩短了确诊时间，赢得了
初期救治的主动
你和你的团队，研制重组疫苗
以快马加鞭的节奏
从研发、到志愿者接种
再到取得重大进展，只用了六十八天
半年后，全球进入三期临床试验阶段的
八种新冠疫苗，中国占四种
而你，满头乌发
短短半年，生出了许多许多白发

花样岁月

向你致敬，不仅仅是因为你
头顶中国工程院院士的桂冠
作为生物学、医学双博士
你成天面对着
冷冰冰的实验器材，重复整理着
枯燥无味的实验数据
十几个秋去冬来，青春不再
几十载厚积薄发，面壁图破
二〇〇三年非典疫情
人们从未了解的病毒在国内蔓延
数万人确诊，医务人员也在感染
你临危受命，一头扎进实验室
带领团队对病因及疫苗展开研发
在国内率先分离出非典元凶
重组的干扰素获批进入临床
彼时使用该预防生物新药的
万余名医务工作者，无一感染
而你，即便家门距实验室只有几千米
一百多天，家人也不曾把你盼回

向你致敬，不仅仅是因为你

肩上授予的闪耀将星

作为军事医学科学院生物工程研究所长

你说穿上这身军装

就意味着这一切是你应该做的

回望二〇一四年，挑战来袭

西非暴发埃博拉疫情，并向外迅速蔓延

那时国内没有埃博拉病例

你清醒地认识到，埃博拉离中国

只有一个航班的距离

毅然率队赴非，要把病毒挡在国门之外

在塞拉利昂，进行了二期临床试验

开创了中国疫苗境外临床试验先河

无数次攻坚克难，疫苗研制成功

为疫区人民筑起了一道安全屏障

也保护了当地的中国维和部队战士

二〇一七年十月，该疫苗获得国家批准

成为全球首个获批的埃博拉疫苗产品

而你，在当年国产电影最高票房银幕上

是病毒研究陈博士的人物原型

那时，被誉为"埃博拉终结者"

向你致敬！因为你是

花样岁月

能攻善防、与毒共舞的战将
向你致敬！因为你是
不畏艰险、挺身而出的勇士
向你致敬！因为你是
拯救生命、大爱柔情的天使
向你致敬！因为你是
脚踏实地、奋力向前的榜样
致敬！共和国的人民英雄

南湖的红船

这是一艘乘风破浪成长的船
一百年前的流火之夏
嘉兴南湖上的一艘小船
因为她的启航
中国革命的伟大历程
发生了开天辟地的大事变

这是一艘不断壮大胜利的船
一百年来,有浴血奋战的壮烈
冲破了白色恐怖的迷雾
击碎了殖民统治的狂妄
挺直了炎黄子孙的脊梁
中华人民共和国屹立在世界东方

这是一艘与时俱进发展的船
一百年来,有艰难曲折的辉煌
确立了人民当家作主的制度
掀起了改天换地的建设热潮
开创了中国特色的发展之路
新中国不断走向繁荣富强

花样岁月

这是一艘命运与共远航的船
一百年后的沧海桑田
南湖的船已成华夏巨轮
亿万同胞坚定同一个梦想
朝着人民幸福民族复兴的航向
没有什么风浪可以阻挡

机关事务工作协会伴我行

那一年，2010年
脱下武警戎装的我
跨越不惑之年后的转换
三十年的军龄，一颗成熟的心
还是禁不住
有一丝心悸的慌张

那一月，2010年1月
一张报到通知书
我踏上了职业岗位的新征程
加入机关事务工作行列
身后，沙场点兵的号角渐远
前方，粮草先行的序幕拉开

那一天，2010年2月1日
迈进屏山大院上班的第一天
一套福建机关事务协会刊物
与我不期而遇
翻阅，漫不经心
入迷，不知不觉

花样岁月

这一刻,十二年酿就的情怀

专注你三十年的历程

读你的青春,读你的成长

你珍藏着春天的故事

你见证着时代的变迁

你承载着会员与读者的甜蜜喜乐

有你相伴,我们事业拓展

与你同行,我们逐梦未来

魅力榕城我的家

这是一座谷深云淡的山城
三山两塔串起大街小巷的繁忙
这是一座河纵川横的水城
闽江奔流汇聚万家灯火的欢歌
这是一座草青林荫的绿城
榕树落地生根把园中路旁点缀

这是一座四季如春的花城
茉莉素洁芬芳播撒清清远香
这是一座沿江向海的滨城
镇海楼守望台湾海峡的波涛
这是一座跨越千年的古城
三坊七巷焕发新时代的荣光

不论你从哪里来
来了,你就不想走
不论你到哪里去
久了,你就想回来
这里有你适宜的生态
这里有你欢喜的味道

这里有你青春的记忆

这里有你梦想的起航

后 记

能够出版一本个人诗集，曾经是我的一个文学梦想。

充满激情和理想的时代，不能没有诗歌。20世纪80年代，我国的诗歌出现了黄金期，军旅诗歌进入了繁盛期。1980年参军的我，正赶上这样的时期，朗读诗歌、抄写诗歌、背诵诗歌，成为业余爱好。记得入军校三个月后的一天，学员队的区队黑板报更新，负责编排的同学找到我，说版面还有空间，希望补上一首短诗，于是，我写了第一首诗《早操》。

对军旅诗歌的喜爱，伴随我的军旅之路。一次次的诵读，总会激起一腔热血、满怀豪情。从军30年的我，大都任职军事训练岗位，练兵备战是主旋律。"只有平时多流汗，才能战时少流血"，在严格紧张、艰苦单调的训练之余，我偶尔会将部队战备训练、执勤执法的场景和基层官兵的真情实感，学着用诗句记录和展示，于是发表了第一首诗《营门卫兵》。

有梦想就会有诗和远方。2010年初，脱下军装转业成为一名公务员的我，"沙场点兵的号角渐远，粮草先行的序幕拉开"。随着时间的推移，军人情结没有淡而是越来越浓，军旅情怀没有忘而是越来越醇。习惯了用军人的观察与思维方式，也习惯用军旅的感知与表达形式，于是，我的《故乡》成了获奖的第一首诗。

福州是有福之州，滨江滨海，宜居宜业。我转业落户榕城，这里四季常青、花果丰实。"醉里挑灯看剑，梦回吹角连营"。那难以忘怀的青春岁月，那刻骨铭心的军旅情长，挥之不去、魂牵梦绕。军队保卫和平，鲜花代表和平。诗，就像是我生命中的花；花，就像是我心目中的诗。于是，我以81种花为题作诗，对四时风物抒情，唱出军人之歌、时代之歌、四季之歌、生命之歌。

梦想是目标、是过程，更是行动、是结果。如今，梦想就要成真，欣喜中我满怀感恩。特别感谢老领导戴玉富将军为本书欣然题写书名，感谢战友退役大校张永红用"情"用"力"作序，感谢福建省机关事务工作协会秘书长陈绍练等同仁的热心帮助，感谢出版社老师的精心编排，感谢那些为我点赞的同学战友、同事朋友，感谢我家人的支持。

诗是生命的延伸与拓展、情感的经历与再现、体验的加工与升华。耳顺之年了，我此生注定要以诗为伍、与诗相伴，静待花开花谢，坐观潮起潮落，花样岁月，四季如歌。